Ewro 2025

+ Y SWISTIR +

Ffion Eluned Owen

Rhagair gan Angharad James

y Lolfa

Argraffiad cyntaf: 2025

Dylunio: Dylunio GraffEG
Lluniau: Cymdeithas Bêl-droed Cymru; Creative Commons; PA Images; Alamy

Rhif Llyfr Rhyngwladol: 978 1 80099 697 7

Dymuna'r cyhoeddwyr gydnabod cymorth ariannol Cyngor Llyfrau Cymru.

Cyhoeddwyd ac argraffwyd yng Nghymru ar bapur o goedwigoedd cynaladwy gan
Y Lolfa Cyf.,
Talybont,
Ceredigion
SY24 5HE
e-bost ylolfa@ylolfa.com
gwefan www.ylolfa.com
ffôn 01970 832 304

Roedd oed, clwb ac ystadegau pob chwaraewr yn gywir pan aeth y llyfr i brint fis Mai, 2025.

Cymru
WHITE FOX
NEW YORK
RANGERS

++Grüezi!

Pwy sy'n edrych ymlaen at haf 2025? Mae menywod Cymru wedi cyrraedd eu pencampwriaeth gyntaf erioed, a dwi methu aros i weld y tîm yn chwifio'r Ddraig Goch yn y Swistir.

Felly beth am ddysgu mwy am yr Ewros! Beth yw hoff gân chwaraewyr Cymru yn yr ystafell newid? Capteiniaid pa ddwy wlad sydd wedi dyweddïo? A phwy yw'r GAFR? Mae'r atebion i gyd, a mwy, rhwng cloriau'r llyfr yma. Y lle perffaith i baratoi at ddilyn holl gynnwrf Ewro 2025.

Mae hanes wedi ei gwneud hi'n anodd i fenywod chwarae pêl-droed, yng Nghymru ac mewn gwledydd eraill. Ond mae 'na gymaint o chwaraewyr anhygoel, rhai gyda channoedd o gapiau a goliau – gobeithio gwnei di fwynhau darllen amdanyn nhw.

Mae'r llyfr yma felly i unrhyw un, fel fi, sy'n caru pêl-droed, ac yn caru Cymru. Dwi'n siŵr y cei di hwyl yn cefnogi'r tîm fel aelod o'r Wal Goch. Efallai mai ti fydd y Jess Fishlock neu'r Carrie Jones nesaf – neu'n gyflwynydd fel Sioned Dafydd.

Dwi'n croesi bysedd am haf i'w gofio – yr haul yn gwenu a menywod Cymru yn ein cynrychioli ni ar y llwyfan mawr am y tro cyntaf.

C'mon Cymru!

Ffion Eluned

Rhagair

Yn 2017, ges i brofiad arbennig yn gwylio rhai o gemau'r Ewros yn yr Iseldiroedd. Roeddwn i wastad yn gobeithio, un dydd, y byddwn i'n gallu chwarae mewn pencampwriaeth fel yna.

Felly mae cyrraedd Ewro 2025 yn golygu popeth, ac yn rhywbeth rydyn ni fel tîm wedi gweithio'n galed ar ei gyfer ers sbel. Breuddwyd wedi dod yn fyw.

Mae pêl-droed menywod yng Nghymru yn mynd i'r cyfeiriad iawn, a dwi'n gobeithio bydd hyn yn tyfu'r gêm. Rydyn ni eisiau ysbrydoli mwy o ferched i chwarae, a gwneud gwahaniaeth i gynghrair Cymru hefyd.

Roeddwn i'n lwcus iawn i gael profiad da yn chwarae pêl-droed wrth dyfu lan yn Sir Benfro. Roedd athrawon Ysgol Brynconin ac Ysgol y Preseli yn fy nghefnogi i chwarae pêl-droed, a wastad yn rhoi amser bant i fi fod gyda thimau ieuenctid Cymru. Heb y gefnogaeth yna, fyddwn i ddim wedi cyrraedd lle ydw i heddiw.

Mae gen i gymaint o atgofion hapus yn fy ngyrfa bêl-droed, gan gynnwys chwarae yng Nghynghrair y Pencampwyr gydag Arsenal a Bristol City. Ond dwi ddim yn meddwl bydd unrhyw beth yn well na mynd i'r Ewros yn y Swistir yr haf hwn. Bydd arwain y tîm allan fel capten Cymru am y tro cyntaf mewn pencampwriaeth ryngwladol yn golygu'r byd i fi.

Felly, os byddi di yng Nghymru neu yn y Swistir, cofia ein dilyn, ein gwylio a'n cefnogi. Dwi'n edrych ymlaen at glywed y cefnogwyr yn y stadiwm a gweld y cyffro yn ôl gartref.

Diolch am y gefnogaeth.

Angharad James
Capten Cymru

Ewro 2025: Y Ffeithiau

Ble: Y Swistir

Pryd: 2–27 Gorffennaf 2025

Gwledydd sy'n cystadlu: 16

- Dyma fydd Pencampwriaeth Ewro Menywod UEFA rhif 14. Roedd y gystadleuaeth gyntaf yn Sweden yn 1984, a'r un ddiwethaf yn Lloegr yn 2022.
- Cystadlodd 51 gwlad yn y rowndiau rhagbrofol i gyrraedd y bencampwriaeth. Enillodd wyth gwlad eu lle drwy'r grwpiau rhagbrofol, gyda'r saith gwlad arall yn ennill eu lle drwy'r gemau ailgyfle. Mae'r Swistir hefyd yn cystadlu gan mai nhw sy'n cynnal y bencampwriaeth.
- Cystadlodd 14 o'r 16 gwlad yn Ewro 2022. Mae Cymru a Gwlad Pwyl yn rhan o'r bencampwriaeth am y tro cyntaf eleni.
- Mae'r timau wedi eu rhannu'n bedwar grŵp felly bydd pawb yn chwarae tair gêm grŵp.
- Bydd y ddwy wlad sy'n gorffen ar frig y grŵp yn mynd ymlaen i rownd yr wyth olaf.
- Bydd 31 gêm i gyd, a thua 700,000 o docynnau ar gael i wylio'r gemau.
- Bydd y gêm derfynol yn cael ei chynnal yn Basel, dinas yng ngogledd-orllewin y Swistir, ar 27 Gorffennaf 2025.
- Mae pob gwlad yn cael €1.8 miliwn am gystadlu, a bydd hyd at €5.1 miliwn i'r wlad sy'n ennill.
- Dyweda'r trefnwyr, UEFA, y bydd Ewro 2025 yn llesol i'r amgylchedd.

Y MASGOT

Dyma Maddli, ci Sant Bernard. Mae Maddli yn llawn egni, yn garedig ac yn caru pêl-droed. Mae hi'n credu fod pêl-droed i bawb, ac mae eisiau i gefnogwyr ddod at ei gilydd i ddathlu eu talentau a mwynhau Ewro 2025. Mae Maddli wedi ei henwi ar ôl Madeleine Boll, y pêl-droediwr benywaidd cyntaf yn y byd i ennill trwydded i chwarae pêl-droed. Cafodd Madeleine ei geni yn Sion, y Swistir, ar 8 Gorffennaf 1953. Chwaraeodd yn y gêm gyntaf erioed i dîm menywod y Swistir, yn erbyn yr Eidal, ar ddiwrnod ei phen-blwydd yn 17 oed.

Y Swistir

Lleoliad: Canolbarth Ewrop

Prifddinas: Bern

Poblogaeth: 8.9 miliwn

Maint: 15,940 milltir sgwâr (bron dwbl maint Cymru)

Ieithoedd: Almaeneg, Ffrangeg, Eidaleg a Románsh

Arian: Ffranc Swisaidd

Gwledydd sy'n ffinio: Awstria, Liechtenstein, Yr Almaen, Ffrainc, Yr Eidal

Ffeithiau Difyr:

- Mae'r Swistir yn wlad fach, fynyddig iawn. Mae rhan fawr o'r Alpau yn y Swistir, sef rhai o fynyddoedd uchaf Ewrop. Y mynydd mwyaf enwog yw'r Matterhorn (4,478m) ond yr un uchaf yw Dufourspitze (4,634m).
- Mae 17,000 o eifr mynydd o'r enw ibecs yn byw yn y mynyddoedd. Bu bron iddyn nhw ddiflannu yn llwyr ar un adeg.
- Does dim arfordir yn y Swistir ond mae yno nifer o lynnoedd ac afonydd.
- Y Swistir yw un o wledydd mwyaf cyfoethog y byd. Mae bancio a thwristiaeth yn cyfrannu'n fawr i'r economi.
- Mae'r wlad yn enwog am greu oriorau a chlociau. Mae hanner oriorau'r byd yn cael eu creu yn y Swistir!
- Mae'r wlad hefyd yn dda am greu caws a siocled.

Y Dinasoedd a'r Stadiymau

Mae wyth stadiwm mewn wyth dinas yn cynnal gemau Ewro 2025. Cafodd sawl un o'r stadiymau eu defnyddio yn Ewro 2008 y dynion hefyd, pan oedd y gystadleuaeth yn cael ei chynnal ar y cyd rhwng y Swistir ac Awstria. Mae tair stadiwm – yn Luzern, St. Gallen a Thun – wedi gorfod newid eu henwau ar gyfer Ewro 2025 am resymau cyfreithiol. Mae modd teithio rhwng y dinasoedd ar y trên, a mwynhau golygfeydd hardd y wlad.

Basel · St. Jakob-Park

35,689 | Clwb: FC Basel 1893

Hon yw stadiwm bêl-droed fwyaf y wlad, ac yma bydd y gêm agoriadol a'r gêm derfynol. Mae pobl Basel yn galw'r stadiwm yn 'Joggeli' sef y ffurf leol ar 'Jakob' – dyma oedd enw'r ardal ers talwm.

- Basel yn y gogledd-orllewin yw'r drydedd ddinas fwyaf poblog yn y Swistir. Mae'r ddinas ar yr afon Rhein ac yn llawn amgueddfeydd.

Geneva · Stade de Genève

30,950 | Clwb: Servette FC

Enw arall ar y stadiwm yw Stade de la Praille, sef enw'r ardal. Mae gemau rygbi a hoci iâ yn cael eu chwarae yma weithiau. Dyma fydd lleoliad un o gemau cynderfynol yr Ewros.

- Mae Geneva yng nghanol mynyddoedd yr Alpau, ar un ochr i Lyn Geneva. Dyma gartref sefydliad iechyd y Groes Goch.

Bern · Stadion Wankdorf

32,997 | Clwb: BSC Young Boys

Y stadiwm wreiddiol ar y safle yma oedd lleoliad gêm derfynol Cwpan y Byd y dynion yn 1954. Cafodd y gêm honno yr enw 'Gwyrth Bern' ar ôl i Orllewin yr Almaen guro Hwngari yn annisgwyl. Mae un sedd goch yn y stadiwm newydd, sef y sedd gyntaf i gael ei gosod. Does dim modd prynu tocyn ar gyfer y sedd yma.

- Bern yw prifddinas y Swistir. Mae canol y ddinas yn dyddio'n ôl i'r Oesoedd Canol ac yn Safle Treftadaeth y Byd UNESCO.

Zürich · Stadion Letzigrund

24,186 | Clwb: FC Zürich, Grasshopper Club

Mae'r stadiwm yn gartref i ddau glwb pêl-droed a thîm athletau. Yn fan hyn yn 1960, rhedodd Armin Hary 100m mewn 10 eiliad – y person cyntaf erioed i wneud hynny. Yn 2022, collodd tîm menywod Cymru 2–1 i'r Swistir yma, gan fethu cyrraedd Cwpan y Byd.

- Zürich yw dinas fwyaf y Swistir. Cafodd ei sefydlu gan y Rhufeiniaid. Mae'n ganolbwynt byd-eang ar gyfer bancio.

Ewro 2025

GRŴP A

GWLAD YR IÂ v Y FFINDIR
Thun, Arena Thun, 2 Gorffennaf, 5pm

Y SWISTIR v NORWY
Basel, St. Jakob-Park, 2 Gorffennaf, 8pm

NORWY v Y FFINDIR
Sion, Stade de Tourbillon, 6 Gorffennaf, 5pm

Y SWISTIR v GWLAD YR IÂ
Bern, Stadion Wankdorf, 6 Gorffennaf, 8pm

Y FFINDIR v Y SWISTIR
Geneva, Stade de Genève, 10 Gorffennaf, 8pm

NORWY v GWLAD YR IÂ
Thun, Arena Thun, 10 Gorffennaf, 8pm

GRŴP B

GWLAD BELG v YR EIDAL
Sion, Stade de Tourbillon, 3 Gorffennaf, 5pm

SBAEN v PORTIWGAL
Bern, Stadion Wankdorf, 3 Gorffennaf, 8pm

SBAEN v GWLAD BELG
Thun, Arena Thun, 7 Gorffennaf, 5pm

PORTIWGAL v YR EIDAL
Geneva, Stade de Genève, 7 Gorffennaf, 8pm

YR EIDAL v SBAEN
Bern, Stadion Wankdorf, 11 Gorffennaf, 8pm

PORTIWGAL v GWLAD BELG
Sion, Stade de Tourbillon, 11 Gorffennaf, 8pm

ROWND YR W

GÊM 1
ENILLWYR GRŴP A
AIL YN GRŴP B
Geneva, Stade de Genève, 16 Gorffennaf, 8pm

GÊM 2
ENILLWYR GRŴP B
AIL YN GRŴP A
Bern, Stadion Wankdorf, 18 Gorffennaf, 8pm

Y ROWND GY

GÊM 1
ENILLWYR GÊM 3 YR WYTH OLAF
Geneva, Stade de Genè

GÊM 2
ENILLWYR GÊM 4 YR WYTH OLAF
Zürich, Stadion Letzigr

Y GÊM DE

ENILLWYR GÊM 1 Y ROWND GYNDERFYNOL

BASEL, ST. JAKOB-PARK

Y Swistir

WYTH OLAF

GÊM 3

ENILLWYR GRŴP C

AIL YN GRŴP D

Zürich, Stadion Letzigrund, 17 Gorffennaf, 8pm

GÊM 4

ENILLWYR GRŴP D

AIL YN GRŴP C

Basel, St. Jakob-Park, 19 Gorffennaf, 8pm

NDERFYNOL

ENILLWYR GÊM 1 YR WYTH OLAF

ve, 22 Gorffennaf, 8pm

ENILLWYR GÊM 2 YR WYTH OLAF

nd, 23 Gorffennaf, 8pm

ERFYNOL

ENILLWYR GÊM 2 Y ROWND GYNDERFYNOL

27 GORFFENNAF, 5PM

GRŴP C

DENMARC v SWEDEN
Geneva, Stade de Genève, 4 Gorffennaf, 5pm

YR ALMAEN v GWLAD PWYL
St. Gallen, Arena St. Gallen, 4 Gorffennaf, 8pm

YR ALMAEN v DENMARC
Basel, St. Jakob-Park, 8 Gorffennaf, 5pm

GWLAD PWYL v SWEDEN
Luzern, Allmend Stadion Luzern, 8 Gorffennaf, 8pm

SWEDEN v YR ALMAEN
Zürich, Stadion Letzigrund, 12 Gorffennaf, 8pm

GWLAD PWYL v DENMARC
Luzern, Allmend Stadion Luzern, 12 Gorffennaf, 8pm

GRŴP D

CYMRU v YR ISELDIROEDD
Luzern, Allmend Stadion Luzern, 5 Gorffennaf, 5pm

FFRAINC v LLOEGR
Zürich, Stadion Letzigrund, 5 Gorffennaf, 8pm

LLOEGR v YR ISELDIROEDD
Zürich, Stadion Letzigrund, 9 Gorffennaf, 5pm

FFRAINC v CYMRU
St. Gallen, Arena St. Gallen, 9 Gorffennaf, 8pm

YR ISELDIROEDD v FFRAINC
Basel, St. Jakob-Park, 13 Gorffennaf, 8pm

LLOEGR v CYMRU
St. Gallen, Arena St. Gallen, 13 Gorffennaf, 8pm

St. Gallen · Arena St. Gallen (Kybunpark)

18,251 | Clwb: FC St. Gallen 1879

Bydd Cymru yn chwarae yn erbyn Ffrainc a Lloegr yn y stadiwm yma. Dyma'r stadiwm broffesiynol uchaf yn y Swistir – mae 652 metr uwchben lefel y môr. Mae'r stadiwm yn cynnal gemau pêl-droed rhyngwladol yn aml ar gyfer gwledydd tu hwnt i Ewrop.

- Mae St. Gallen yn ddinas brifysgol yn nwyrain y wlad, i'r de o Lyn Constanza.
- Mae'r abaty yn y ddinas yn Safle Treftadaeth y Byd UNESCO ac yn cynnwys cadeirlan a hen lyfrgell – un o lyfrgelloedd crefyddol hynaf y byd.

Sion · Stade de Tourbillon

9,570 | Clwb: FC Sion

Mae'r stadiwm wedi ei henwi ar ôl y castell canoloesol sy'n edrych dros y ddinas. Dyma'r stadiwm hynaf fydd yn cael ei defnyddio yn yr Ewros.

- Mae Sion yn agos i Ffrainc a'r Eidal, ac mae pobl wedi bod yn byw yma ers amser maith. Mae hen olion yn yr ardal yn dyddio'n ôl tua 8,200 o flynyddoedd!

Luzern · Allmend Stadion Luzern (Swissporarena)

16,496 | Clwb: FC Luzern

Bydd Cymru yn chwarae eu gêm gyntaf yn erbyn yr Iseldiroedd yn y stadiwm yma. Mae tu allan y stadiwm yn lliw aur llachar.

- Mae Luzern yn ddinas brydferth yng nghanol y Swistir. Mae'n enwog am ei mynyddoedd, ei llyn a'i hen dref liwgar.
- Mae gan Luzern bont bren hanesyddol, sy'n un o symbolau enwocaf y wlad.
- Mae rheilffordd serth o'r dref i gopa Mynydd Pilatus.

Thun · Arena Thun (Stockhorn Arena)

10,187 | Clwb: FC Thun

Dyma un o stadiymau lleiaf y bencampwriaeth. Mae nifer o gemau tîm dynion o dan 21 y Swistir yn cael eu chwarae yn fan hyn.

- Mae Thun ar lan y llyn, gyda golygfeydd anhygoel o'r Alpau. Mae castell o'r 12fed ganrif – *Schloss Thun* – yn sefyll yn gadarn uwchben yr hen dref.

Hanes yr Ewros

Yr Ewros yw'r brif gystadleuaeth bêl-droed i wledydd Ewrop. Erbyn hyn, mae'r bencampwriaeth yn cael ei chynnal bob pedair blynedd.

- Roedd y bencampwriaeth gyntaf yn 1984. Dim ond **4** tîm oedd yn cystadlu yn y rowndiau terfynol ac roedd y gemau yn digwydd yn y gwledydd hynny. Roedd y gêm derfynol rhwng Sweden a Lloegr dros ddau gymal, gyda'r gemau yn cynnwys dau hanner o 35 munud yr un. Sweden enillodd ar giciau o'r smotyn.
- Mae'r bencampwriaeth wedi tyfu dros y blynyddoedd. Roedd **8** gwlad yn y rowndiau terfynol erbyn 1997; **12** gwlad erbyn 2009; ac **16** gwlad am y tro cyntaf yn 2017. Dyma fydd y drydedd bencampwriaeth gydag 16 gwlad.
- Yr Almaen yw'r wlad fwyaf llwyddiannus. Maen nhw wedi ennill yr Ewros **8** gwaith hyd yn hyn – gan gynnwys **6** gwaith yn olynol rhwng 1995 a 2013!
- Does dim un wlad wedi bod ym mhob pencampwriaeth. Ond mae Norwy a'r Eidal wedi chwarae bron bob tro – doedd Norwy ddim yn Ewro 1984 na'r Eidal yn Ewro 1995.
- Mae **4** gwlad wedi codi'r cwpan yn eu gwlad eu hunain – Norwy yn 1987; Yr Almaen yn 1989, 1995 a 2001; Yr Iseldiroedd yn 2017; a Lloegr yn 2022.

Nifer o gwpanau Ewro Menywod

Yr Almaen = 8
Norwy = 2
Sweden = 1
Yr Iseldiroedd = 1
Lloegr = 1

Cyn-enillwyr

Lloegr yw'r enillwyr diweddaraf. Curon nhw'r Almaen 2–1 ar ôl amser ychwanegol yn y gêm derfynol yn Wembley, Llundain, yn 2022. Roedd 87,192 o bobl yn y dorf yn gwylio'r gêm – y nifer uchaf erioed ar gyfer gêm derfynol yr Ewros, dynion neu fenywod.

BLWYDDYN	LLEOLIAD	ENILLWYR	SGÔR Y GÊM DERFYNOL
1984	Dim gwlad unigol	Sweden	1–1 yn erbyn Lloegr (Sweden yn ennill 4–3 ar ôl ciciau o'r smotyn)
1987	Norwy	Norwy	2–1 yn erbyn Sweden
1989	Gorllewin yr Almaen	Gorllewin yr Almaen	4–1 yn erbyn Norwy
1991	Denmarc	Yr Almaen	3–1 yn erbyn Norwy (ar ôl amser ychwanegol)
1993	Yr Eidal	Norwy	1–0 yn erbyn Yr Eidal
1995	Dim gwlad unigol	Yr Almaen	3–2 yn erbyn Sweden
1997	Norwy a Sweden	Yr Almaen	2–0 yn erbyn Yr Eidal
2001	Yr Almaen	Yr Almaen	1–0 yn erbyn Sweden (gôl aur)
2005	Lloegr	Yr Almaen	3–1 yn erbyn Norwy
2009	Y Ffindir	Yr Almaen	6–2 yn erbyn Lloegr
2013	Sweden	Yr Almaen	1–0 yn erbyn Norwy
2017	Yr Iseldiroedd	Yr Iseldiroedd	4–2 yn erbyn Denmarc
2022	Lloegr	Lloegr	2–1 yn erbyn Yr Almaen (ar ôl amser ychwanegol)

Hanes pêl-droed menywod yng Nghymru

Dros y blynyddoedd, mae llawer o bobl wedi brwydro am yr hawl i fenywod chwarae pêl-droed. Erbyn hyn, mae'r sefyllfa yn llawer mwy gobeithiol, ond doedd pethau ddim mor hawdd. Mae hi wedi bod yn daith hir i bêl-droed menywod yng Nghymru.

Hawlfraint: Chapman a chasgliad Bill G-J

1914-1918 Y Rhyfel Byd Cyntaf

Gêm y menywod yn boblogaidd iawn a thorfeydd mawr yn gwylio'r gemau.

1922 3 Mawrth

Cymdeithas Bêl-droed Cymru yn gwahardd menywod rhag chwarae pêl-droed. Roedd hyn yn dilyn gwaharddiad yn Lloegr yn 1921.

1938 6 Mehefin

Rhai gemau yn dal i gael eu cynnal ar gyfer codi arian, gan gynnwys gêm Lloegr yn erbyn Cymru yn Cheltenham yn 1938. Cymru yn ennill 4–2 – yr unig dro hyd yma i Gymru ennill yn erbyn y Saeson.

1970 29 Mai

Codi'r gwaharddiad – ar ôl bron 50 mlynedd!

O fewn 24 awr roedd tîm Prestatyn wedi trefnu gêm yn erbyn Caer – daeth 700 i wylio.

1973

Tîm menywod answyddogol Cymru yn dechrau chwarae gemau. Cymru yn colli eu gêm gyntaf yn erbyn Gweriniaeth Iwerddon 3–2 yn Llanelli.

1992

Hawlfraint: Deeshe Adams

Tri phêl-droediwr ifanc – Michele Adams, Karen Jones a Laura McAllister – yn gofyn i Gymdeithas Bêl-droed Cymru greu tîm menywod swyddogol.

Sefydlu tîm menywod swyddogol Cymru. Roedd eu gêm gyntaf yn erbyn Gwlad yr Iâ. Roedd y garfan a'r staff yn rhan-amser, a'r chwaraewyr yn aml yn gwisgo cit ail-law.

1993

2009

Sefydlu prif gynghrair menywod i glybiau yng Nghymru.

2010

Penodi rheolwr llawn amser ar dîm Cymru am y tro cyntaf, sef Jarmo Matikainen o'r Ffindir.

2014

Penodi'r rheolwr benywaidd cyntaf ar dîm Cymru – Jayne Ludlow, cyn-gapten Cymru ac Arsenal.

2019

Tîm menywod Cymru yn cael eu henwau ar gefn eu crysau am y tro cyntaf.

2024
Rhagfyr

Cymru yn cyrraedd eu pencampwriaeth ryngwladol gyntaf erioed ar ôl curo Gweriniaeth Iwerddon 3–2 dros ddau gymal yng ngemau ailgyfle Ewro 2025.

Taith Cymru i'r Swistir

Hir yw pob aros ...

Grŵp rhagbrofol

Cymru 4–0 Croatia
5 Ebrill 2024 | Wrecsam
Fishlock 4', 50', Rowe 51', James 56'

Kosovo 0–6 **Cymru**
9 Ebrill 2024 | Podujevë
Rowe 30', 60', Barton 44', Ff. Morgan 62', Hughes 85', 90'+3

Cymru 1–1 Wcráin
31 Mai 2024 | Llanelli
Barton 64' (c.o.s)

Wcráin 2–2 **Cymru**
4 Mehefin 2024 | Grodzisk Wielkopolski
Barton 74' (c.o.s), Fishlock 77'

Croatia 0–3 **Cymru**
12 Gorffennaf 2024 | Karlovac
Fishlock 14', Ingle 66', Barton 89' (c.o.s)

Cymru 2–0 Kosovo
16 Gorffennaf 2024 | Llanelli
Fishlock 8', McAteer 27'

Gemau ailgyfle

Roedd ennill eu grŵp rhagbrofol yn rhoi cyfle i Gymru gystadlu am eu lle yn y Swistir drwy'r gemau ailgyfle.

Roedd yn rhaid i Gymru chwarae yn erbyn Slofacia ddwywaith yn y rownd gynderfynol:

Slofacia 2–1 Cymru
25 Hydref 2024 | Poprad
Ff. Morgan 89'

Daeth Ffion Morgan i'r cae fel eilydd a sgorio gôl bwysig ar ddiwedd y gêm.

Cymru 2–0 Slofacia
(ar ôl amser ychwanegol)
29 Hydref 2024 | Caerdydd
Fishlock 39', Holland 112'

Gwnaeth gôl Jess Fishlock y gêm yn gyfartal felly roedd rhaid mynd i amser ychwanegol. Sgoriodd Ceri Holland gan ennill yr ornest i Gymru.

Roedd yn rhaid i Gymru wynebu Gweriniaeth Iwerddon ddwywaith yn y rownd derfynol:

Cymru 1–1 Gweriniaeth Iwerddon
29 Tachwedd 2024 | Caerdydd
Woodham 21'

Roedd torf o 16,845 yn Stadiwm Dinas Caerdydd yn gwylio Lily Woodham yn sgorio gôl gyntaf y gêm i Gymru ond unioni'r sgôr wnaeth Gweriniaeth Iwerddon yn fuan wedyn. Ymlaen i Ddulyn â nhw ...

Gweriniaeth Iwerddon 1–2 Cymru
3 Rhagfyr 2024 | Dulyn
Cain 50' (c.o.s), C. Jones 67'

Sgoriodd Hannah Cain gic o'r smotyn a bu i'r eilydd Carrie Jones ymestyn y fantais. Amddiffynnodd Cymru yn arwrol ar ddiwedd y gêm i ennill 3–2 dros y ddau gymal. Roedd Cymru wedi cyrraedd y Swistir – eu pencampwriaeth ryngwladol gyntaf erioed!

I ddod:

Cymru v Yr Iseldiroedd
5 Gorffennaf 2025 | Luzern

Ffrainc v **Cymru**
9 Gorffennaf 2025 | St. Gallen

Lloegr v **Cymru**
13 Gorffennaf 2025 | St. Gallen

Jess Fishlock

Y GAFR (Y Gorau A Fu 'Rioed ...)

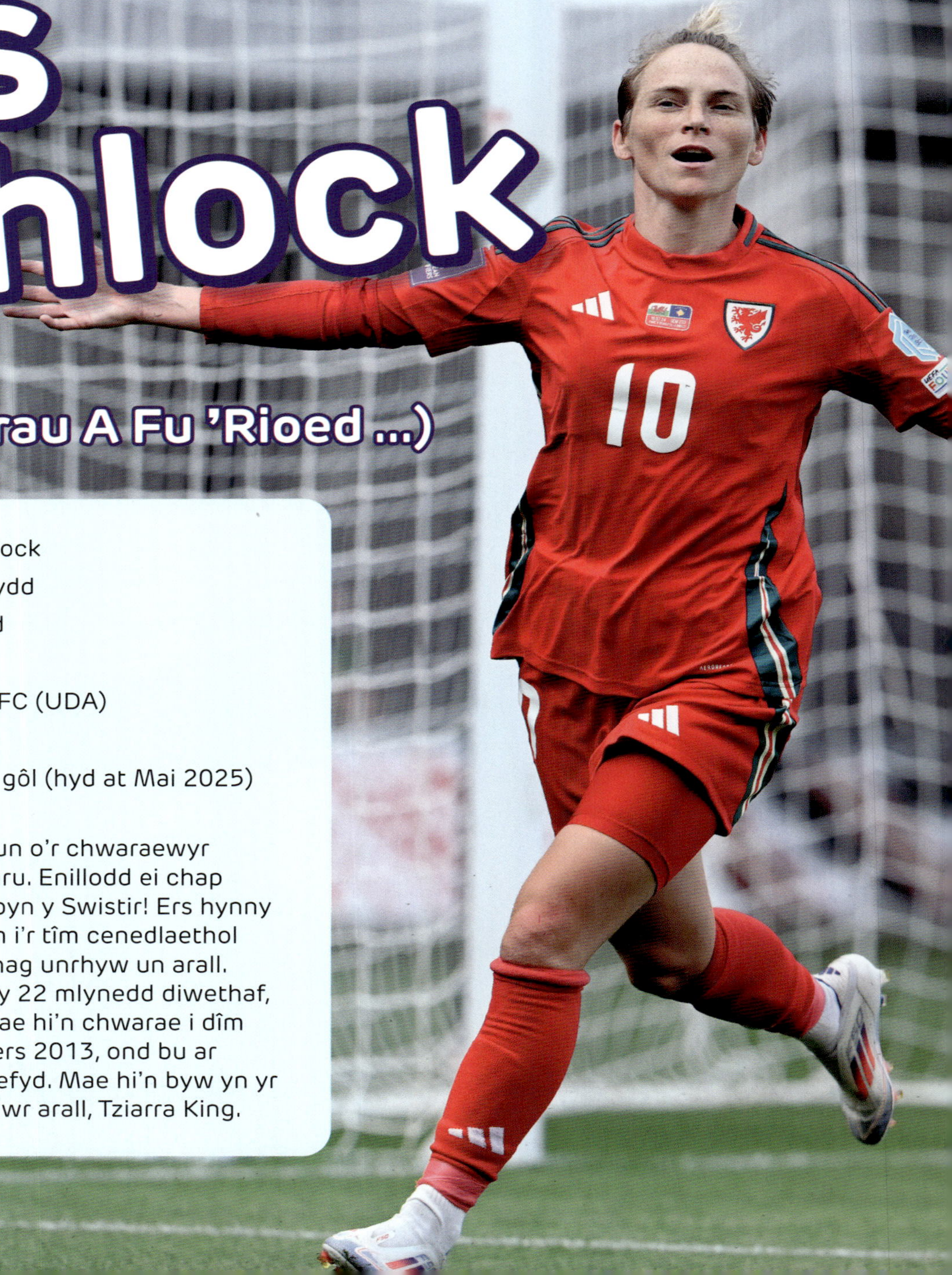

Enw llawn: Jessica Anne Fishlock

Geni: 14 Ionawr 1987 | Caerdydd

Cartref: Llanrhymni, Caerdydd

Oed: 38

Tîm presennol: Seattle Reign FC (UDA)

Safle: Canol cae

Capiau i Gymru: 160 cap a 46 gôl (hyd at Mai 2025)

Jess Fishlock o Gaerdydd yw un o'r chwaraewyr gorau erioed i wisgo crys Cymru. Enillodd ei chap cyntaf yn 2006 a hynny yn erbyn y Swistir! Ers hynny mae hi wedi chwarae 160 gêm i'r tîm cenedlaethol ac wedi sgorio 46 gôl – mwy nag unrhyw un arall. Chwaraeodd i sawl clwb dros y 22 mlynedd diwethaf, a hynny mewn wyth gwlad. Mae hi'n chwarae i dîm Seattle Reign FC yn America ers 2013, ond bu ar fenthyg gyda chlybiau eraill hefyd. Mae hi'n byw yn yr UDA ac yn briod â phêl-droediwr arall, Tziarra King.

Pa mor anhygoel yw Jess Fishlock?

- Yn 2017, Jess oedd y chwaraewr cyntaf erioed – dyn neu ddynes – i ennill 100 cap dros Gymru. Yn 2024, mewn gêm yn erbyn Kosovo, hi oedd y chwaraewr cyntaf i ennill cap rhif 150.
- Yn 2024, torrodd record goliau Cymru, gan basio cyfanswm Helen Ward o 44 gôl.
- Dechreuodd Jess chwarae pêl-droed yng Nghaerdydd gyda'i chwaer. Ymunodd â thîm Cardiff City Ladies yn saith oed a dechreuodd chwarae i'r tîm cyntaf yn 15 oed.
- Enillodd dlysau yn yr Alban, Awstralia, yr Iseldiroedd, Ffrainc a'r UDA.
- Enillodd Gynghrair y Pencampwyr gyda Frankfurt a Lyon.
- Bellach mae hi wedi chwarae dros 200 o gemau i'w chlwb, Seattle Reign.
- Enillodd Wobr Pêl-droediwr y Flwyddyn Cymru bum gwaith!
- Ymddangosodd ar raglen S4C, *Iaith ar Daith*, yn dysgu Cymraeg.
- Mae Jess Fishlock wedi chwarae yn 66% o holl gemau Cymru ers i'r tîm ddechrau chwarae'n swyddogol yn 1993!

Mae Jess Fishlock wedi sgorio sawl gôl bwysig i Gymru a gobeithio y bydd llawer mwy i ddod yn yr Ewros!

Beth mae cyrraedd Ewro 2025 yn ei olygu i Jess Fishlock?

"Mae'n anodd ei roi mewn geiriau. Ar ôl 20 mlynedd o waith caled, rydyn ni wedi cyrraedd fan hyn. Bydden i ddim yn newid unrhyw beth. Mae'r pethau da a drwg yn rhan o'r daith. Mae popeth wedi arwain at yr eiliad yma gyda'r grŵp yma o ferched. Dyma foment mwyaf balch fy mywyd."

Dod i nabod:

Carrie Jones

Mae Carrie Jones yn 21 oed ac yn dod o'r Drenewydd yng nghanolbarth Cymru. Ymosodwr yw hi a sgoriodd gôl bwysig yn erbyn Gweriniaeth Iwerddon i fynd â'r tîm i'r Ewros. Ar hyn o bryd mae hi'n chwarae pêl-droed i glwb IFK Norrköping yn Sweden.

Beth yw'r peth cyntaf wyt ti'n ei gofio am chwarae pêl-droed? Fy atgofion cyntaf ydi chwarae pêl-droed ar fferm Nain gyda fy nghefndryd yn ein welis. Fy nhimau cyntaf oedd Newtown White Stars a Berriew FC.

Sut deimlad oedd sgorio yn erbyn Gweriniaeth Iwerddon? Teimlad anhygoel, dwi methu disgrifio mewn geiriau – y teimlad gorau yn y byd.

Beth wyt ti'n edrych ymlaen ato fwyaf yn yr Ewros? Bod gyda'r tîm am tua mis, bydd hwnna'n grêt.

Hoff gân yn yr ystafell newid? 'Dan ni i gyd yn dawnsio i un gân – 'Proud Mary'. Efallai bod 'na rai fideos o gwmpas ...

Beth wyt ti'n ei fwynhau am fyw yn Sweden? Un o'r pethau gorau ydi traddodiad o'r enw *fika*, sef mynd am goffi a chacen yn y prynhawn.

Beth wyt ti'n ei wneud yn dy amser sbâr? Mynd am goffi gyda ffrindiau, gwneud ioga, cysgu a *chill*!

Hoff gyfrif Instagram/TikTok? Gorfod bod yn Ffion Morgan!

Pa *super power* fyddet ti'n ei ddewis? Bod yn gyflym neu'n anweledig – byddai hynny'n reit cŵl!

Hoff dri emoji?

🤣 👍 ❤️

Dod i nabod:

Mared Griffiths

Mae Mared Griffiths yn 18 oed ac yn ferch fferm o Drawsfynydd yng ngogledd Cymru. Mae hi'n chwarae i glwb Manchester United. Daeth Mared i'r cae fel eilydd yng ngêm Cymru yn yr Eidal ym mis Chwefror 2025 i ennill ei chap cyntaf i'r tîm.

Ble wnest ti ddechrau chwarae pêl-droed? Efo tîm o Traws o'r enw Bro Hedd Wyn Celts.

Dy foment mwyaf balch ar y cae pêl-droed? Roedd cael fy *debut* yn erbyn yr Eidal yn deimlad llawn balchder i mi a fy nheulu. Mae'r holl amser mae Mam yn enwedig wedi ei roi dros y blynyddoedd wedi talu ar ei ganfed. Ac roedd o'n deimlad braf hefyd cael Dad allan yno'n gwylio.

Pwy yw dy arwr yn y byd pêl-droed? Cristiano Ronaldo – byswn i'n hoffi dod â phob sgìl sydd ganddo fo i'r pêl-droed dwi'n ei chwarae.

Hoff fath o gerddoriaeth? Pob math, Cymraeg a Saesneg, *upbeat* neu ddim – mae'n dibynnu ar y diwrnod.

Pa *super power* byddet ti'n ei ddewis? Teleportio i lefydd. Bysa'n dda i fynd o Man Utd yn ôl adra at y teulu!

Beth wyt ti'n ei wneud yn dy amser sbâr? Dwi ddim yn hoffi bod yn unig, felly cyfarfod teulu a ffrindiau, ella mynd i siopa neu am ginio.

Hoff gyfrif Instagram/TikTok? Dwi'n hoffi sgrolio drwy *reels* fel rhai 'Try Not to Laugh'.

Os byddet ti'n cael mynd i unrhyw le yn y byd, ble byddet ti'n ei ddewis? Dubai, gan fod o'n lle drud!

Hoff dri emoji?

Rheolwr Cymru:

Rhian Wilkinson

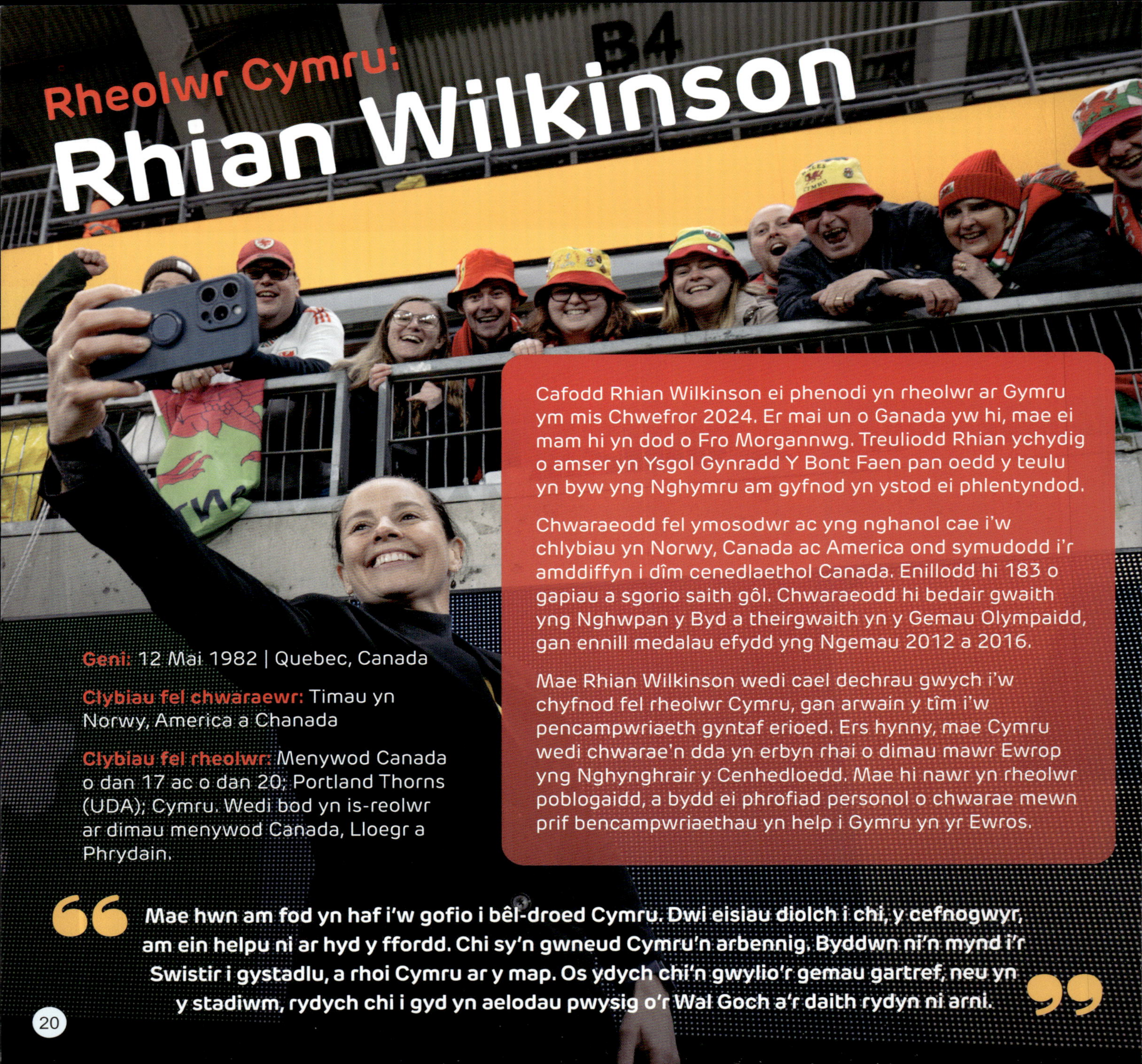

Cafodd Rhian Wilkinson ei phenodi yn rheolwr ar Gymru ym mis Chwefror 2024. Er mai un o Ganada yw hi, mae ei mam hi yn dod o Fro Morgannwg. Treuliodd Rhian ychydig o amser yn Ysgol Gynradd Y Bont Faen pan oedd y teulu yn byw yng Nghymru am gyfnod yn ystod ei phlentyndod.

Chwaraeodd fel ymosodwr ac yng nghanol cae i'w chlybiau yn Norwy, Canada ac America ond symudodd i'r amddiffyn i dîm cenedlaethol Canada. Enillodd hi 183 o gapiau a sgorio saith gôl. Chwaraeodd hi bedair gwaith yng Nghwpan y Byd a theirgwaith yn y Gemau Olympaidd, gan ennill medalau efydd yng Ngemau 2012 a 2016.

Mae Rhian Wilkinson wedi cael dechrau gwych i'w chyfnod fel rheolwr Cymru, gan arwain y tîm i'w pencampwriaeth gyntaf erioed. Ers hynny, mae Cymru wedi chwarae'n dda yn erbyn rhai o dimau mawr Ewrop yng Nghynghrair y Cenhedloedd. Mae hi nawr yn rheolwr poblogaidd, a bydd ei phrofiad personol o chwarae mewn prif bencampwriaethau yn help i Gymru yn yr Ewros.

Geni: 12 Mai 1982 | Quebec, Canada

Clybiau fel chwaraewr: Timau yn Norwy, America a Chanada

Clybiau fel rheolwr: Menywod Canada o dan 17 ac o dan 20; Portland Thorns (UDA); Cymru. Wedi bod yn is-reolwr ar dimau menywod Canada, Lloegr a Phrydain.

"Mae hwn am fod yn haf i'w gofio i bêl-droed Cymru. Dwi eisiau diolch i chi, y cefnogwyr, am ein helpu ni ar hyd y ffordd. Chi sy'n gwneud Cymru'n arbennig. Byddwn ni'n mynd i'r Swistir i gystadlu, a rhoi Cymru ar y map. Os ydych chi'n gwylio'r gemau gartref, neu yn y stadiwm, rydych chi i gyd yn aelodau pwysig o'r Wal Goch a'r daith rydyn ni arni."

Y Grwpiau

Grŵp A

- Y Swistir
- Norwy
- Gwlad yr Iâ
- Y Ffindir

Grŵp B

- Sbaen
- Portiwgal
- Gwlad Belg
- Yr Eidal

Grŵp C

- Yr Almaen
- Gwlad Pwyl
- Denmarc
- Sweden

Grŵp D

- Ffrainc
- Lloegr
- Cymru
- Yr Iseldiroedd

Y Swistir

Llysenw: *La Nati* (Y Tîm Cenedlaethol) | *Rossocrociati* (Y Croesau Coch)

Rheolwr: Pia Sundhage

Capten: Lia Wälti

Perfformiad gorau yn yr Ewros: Grŵp yn 2017 ac yn 2022

Cyrraedd Ewro 2025: Yn awtomatig fel y wlad sy'n cynnal y gystadleuaeth

Safle FIFA (Mawrth 2025): 23

Wyddost ti?

Gêm yn erbyn y Swistir ar 19 Medi 1993 yng Nghwmbrân oedd gêm gystadleuol gyntaf Cymru o dan faner Cymdeithas Bêl-droed Cymru (CBDC). Y Swistir oedd yn fuddugol 3–2.

Bydd y Swistir yn croesawu nifer o bêl-droedwyr gorau Ewrop i'w gwlad, ac maen nhw'n cymryd rhan yn awtomatig gan eu bod yn cynnal y gystadleuaeth.

Dyma yw'r trydydd tro yn olynol iddyn nhw gyrraedd Pencampwriaeth Ewrop, ond nid ydyn nhw wedi llwyddo eto i fynd tu hwnt i'w grŵp. Maen nhw'n gobeithio mynd gam ymhellach eleni – ac wedi cael sawl cyfle i ymarfer yn erbyn Norwy a Gwlad yr Iâ, gan eu bod yn yr un grŵp yng Nghynghrair y Cenhedloedd 2025 hefyd.

Llwyddodd y Swistir i gyrraedd Cwpan y Byd 2023 drwy dorri calonnau Cymru! Sgorion nhw yn eiliadau olaf yr amser ychwanegol yn y gêm ailgyfle. Amser y gôl greulon honno gan Fabienne Humm oedd 120+1!

Wyddost ti?

Mae gan un o chwaraewyr y Swistir, Alisha Lehmann, dros 16 miliwn o ddilynwyr ar Instagram!

Dywediad Difyr

Stürchel
(baglwr):

Ymosodwyr tal a heglog sy'n baglu dros eu traed eu hunain.

Ana-Maria Crnogorčević

34 oed | Clwb: Seattle Reign, UDA

Ana-Maria Crnogorčević yw un o chwaraewyr mwyaf talentog y tîm. Mae hi'n gyflym iawn, ac yn chwarae yn safle'r asgellwr neu'r cefnwr dde. Hi sy'n dal y record am y nifer fwyaf o ymddangosiadau a goliau i'r tîm cenedlaethol. Mae hi'n ystyried ei hun fel rhywun o dras y Swistir a Croatia, ac yn siarad sawl iaith, gan gynnwys Croateg, ei mamiaith.

Norwy

Llysenw: *Gresshoppene* (Sioncod y Gwair)

Rheolwr: Gemma Grainger

Capten: Ada Hegerberg

Perfformiad gorau yn yr Ewros: Enillwyr 1987 ac 1993

Cyrraedd Ewro 2025: Gemau ailgyfle (ennill 7–0 dros ddau gymal yn erbyn Gogledd Iwerddon)

Safle FIFA (Mawrth 2025): 15

Yn hanesyddol, mae tîm menywod Norwy yn un o'r timau cenedlaethol mwyaf llwyddiannus.

Enillon nhw Bencampwriaeth Ewrop ddwywaith (1987 ac 1993), Cwpan y Byd (1995) a'r Gemau Olympaidd (2000). Dim ond yr Almaen a nhw sydd wedi ennill y tair cystadleuaeth.

Maen nhw wedi cyrraedd pob Ewros, heblaw am yr un cyntaf yn 1984, a daethon nhw'n ail yn y gystadleuaeth bedair gwaith hefyd.

Wedi dweud hynny, yn Ewro 2022 profodd y tîm eu colled fwyaf erioed gan golli 8–0 yn erbyn Lloegr, a methu dringo o'r grŵp.

Bydd eu cefnogwyr yn disgwyl gwell y tro hwn gan chwaraewyr disglair fel Ada Hegerberg a Caroline Graham Hansen.

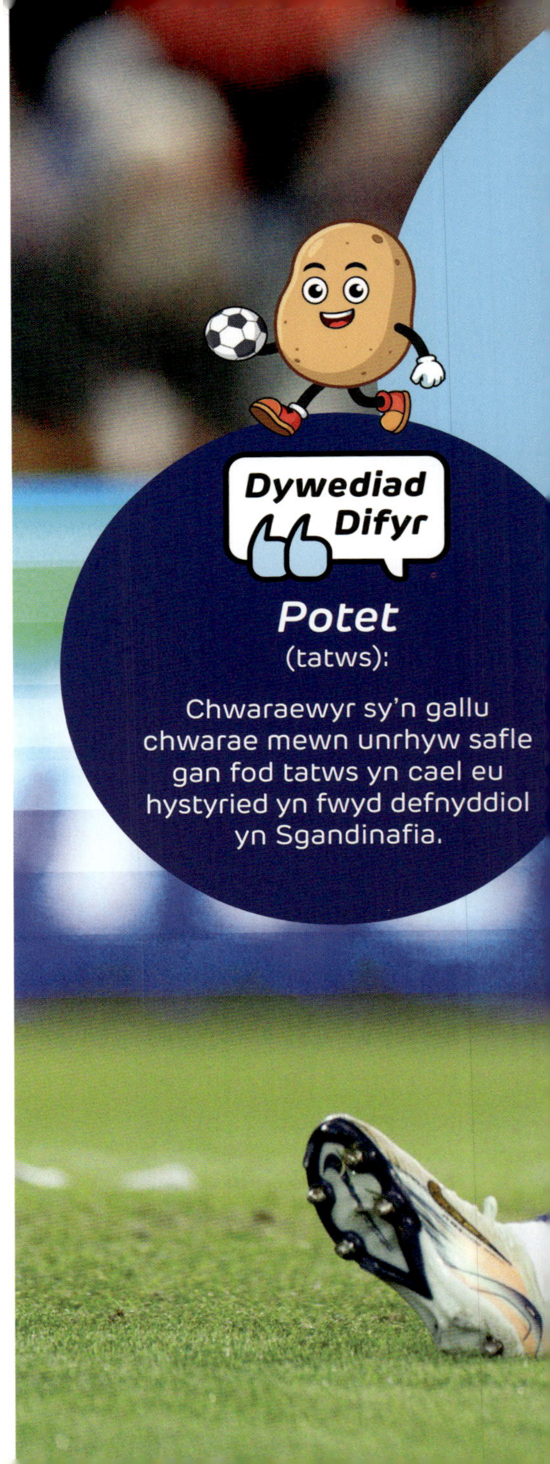

Dywediad Difyr

Potet
(tatws):

Chwaraewyr sy'n gallu chwarae mewn unrhyw safle gan fod tatws yn cael eu hystyried yn fwyd defnyddiol yn Sgandinafia.

Ada Hegerberg

29 oed | Clwb: Lyon, Ffrainc

Mae capten Norwy yn cael ei hystyried fel un o bêl-droedwyr gorau'r byd. Hi oedd enillydd cyntaf y *Ballon d'Or Féminin* yn 2018.

Enillodd Gynghrair y Pencampwyr chwe gwaith gyda'i chlwb, Lyon, gan sgorio mwy o goliau nag unrhyw un arall yn y gystadleuaeth.

Hi yw un o'r menywod mwyaf pwerus ym myd chwaraeon. Yn 2017 gwrthododd chwarae i Norwy mewn protest dros y diffyg cefnogaeth i'r tîm cenedlaethol ac i ddatblygiad pêl-droed menywod yn y wlad. Daeth hi'n ôl i'r garfan yn 2022.

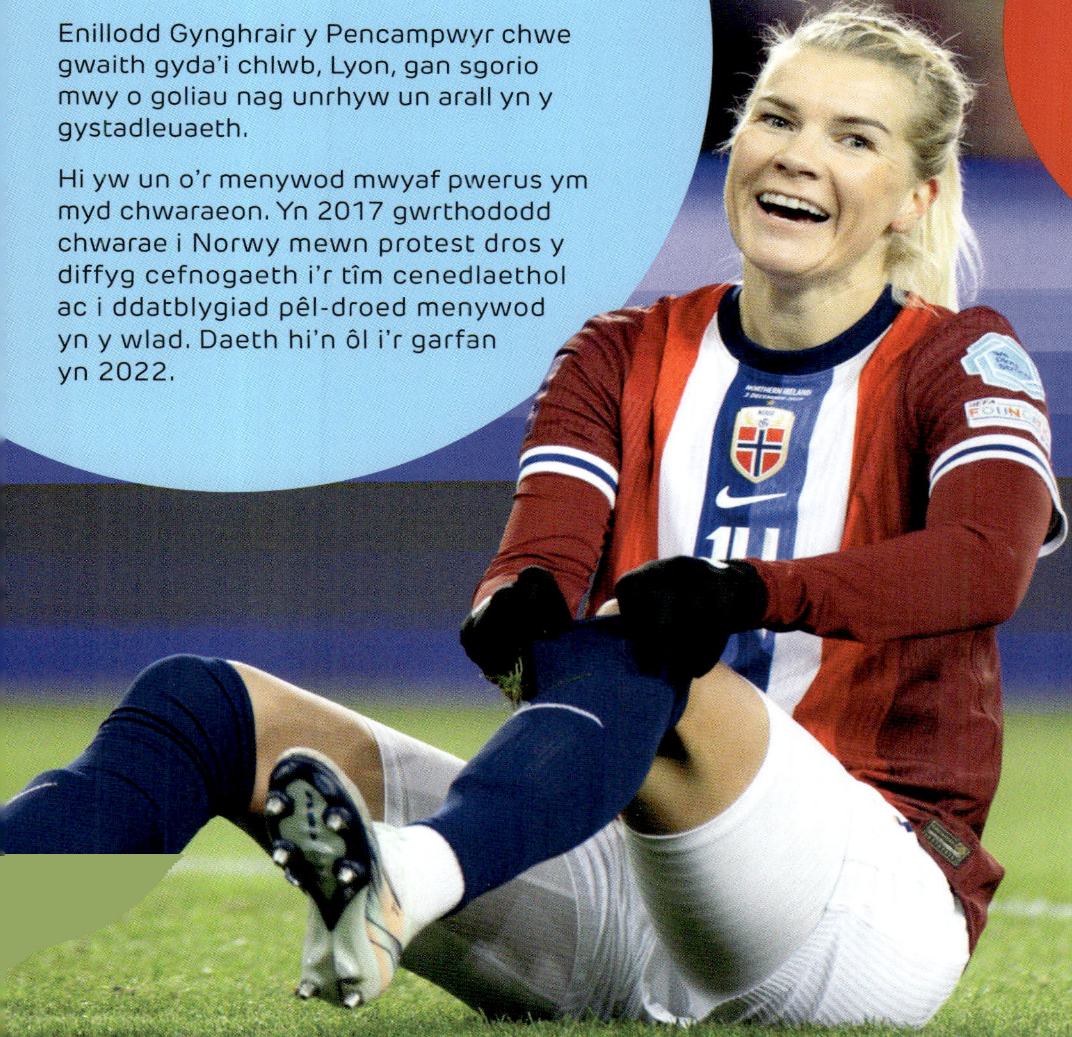

Wyddost ti?

Roedd rheolwr Norwy, Gemma Grainger, yn rheoli Cymru rhwng 2021 a 2024. Cafwyd tipyn o sioc pan gyhoeddodd ei bod hi'n gadael ond nid oedd y penderfyniad yn un hawdd iddi hi. Dywedodd; "Fy mreuddwyd yw bod Norwy a Chymru yn cyrraedd Ewro 2025 oherwydd byddai hynny yn llwyddiant mawr, ac yn golygu'r byd i mi."

Gwlad yr Iâ

Llysenw: *Stelpurnar okkar* (Ein Merched)

Rheolwr: Thorsteinn Halldórsson

Capten: Glódís Perla Viggósdóttir

Perfformiad gorau yn yr Ewros: Rownd yr wyth olaf 2013

Cyrraedd Ewro 2025: Ail yn eu grŵp rhagbrofol

Safle FIFA (Mawrth 2025): 13

Dywediad Difyr

Taka þá í bakaríið
(mynd â nhw i'r becws):

Pan mae un tîm wedi chwalu'r tîm arall.

Er bod poblogaeth Gwlad yr Iâ yn llai na 400,000, mae'r wlad yn adnabyddus am ddatblygu talent pêl-droed ifanc.

Mae'r ffilm ddogfen, *Stelpurnar okkar*, yn adrodd hanes y tîm yn cyrraedd prif bencampwriaeth am y tro cyntaf erioed, sef Ewro 2009 yn y Ffindir. Roedd hyn cyn i dîm y dynion lwyddo i'w wneud!

Ers hynny, cyrhaeddodd y tîm pob un o Bencampwriaethau Ewrop, ond nid ydyn nhw wedi cyrraedd Cwpan y Byd.

Arwydd o allu a chryfder y garfan ddiweddar oedd ennill 3–0 yn erbyn yr Almaen, ail dîm gorau Ewrop, yn eu grŵp rhagbrofol. Dyma oedd un o'u canlyniadau gorau erioed, gan sicrhau eu bod yn gorffen yn ail yn eu grŵp, ac yn cyrraedd y Swistir.

Wyddost ti?

Mae Dagný Brynjarsdóttir yn gapten ar dîm West Ham, ac yn fam i ddau o blant. Cafodd yr ieuengaf ei eni ym mis Chwefror 2024. Roedd hi'n ôl yng ngharfan West Ham erbyn gêm olaf y tymor ym mis Mai 2024. Dangosodd fod modd chwarae ar y lefel uchaf a bod yn rhiant. Roedd pum mam yng ngharfan Ewro 2022 Gwlad yr Iâ, mwy na'r un tîm arall.

Sveindís Jane Jónsdóttir

23 oed | Clwb: VfL Wolfsburg, Yr Almaen

Un arall o sêr y tîm yw Sveindís Jane Jónsdóttir. Sgoriodd yr ymosodwr ddwywaith yn ei gêm gyntaf i'w gwlad yn 2020. Mae hi'n gyflym, ac yn gallu taflu'r bêl yn hir o'r ystlys.

Glódís Perla Viggósdóttir

29 oed | Clwb: Bayern Munich, Yr Almaen

Yr amddiffynnwr canol yw seren tîm Gwlad yr Iâ. Yn 2024, hi oedd pêl-droediwr cyntaf y wlad i gael ei henwebu am y *Ballon d'Or Féminin*.

Mae hi'n gapten ar ei gwlad a'i chlwb, Bayern Munich. Fel chwaraewr mae hi'n dda iawn yn yr awyr, yn gallu darllen y gêm yn wych, ac yn arwain ac ysbrydoli eraill o'i chwmpas.

Y Ffindir

Dywediad Difyr

Imuri (hwfer):
Gôl-geidwaid gwan sy'n gadael i bopeth basio heibio iddyn nhw.

Llysenw: *Helmarit* (Y Tylluanod Boreal)

Rheolwr: Marko Saloranta

Capten: Tinja-Riikka Korpela

Perfformiad gorau yn yr Ewros: Rownd gynderfynol 2005

Cyrraedd Ewro 2025: Gemau ailgyfle (ennill 2–0 dros ddau gymal yn erbyn Yr Alban)

Safle FIFA (Mawrth 2025): 25

Llwyddodd tîm menywod y Ffindir i achosi sioc yn Ewro 2005, drwy gyrraedd y rownd gynderfynol yn eu twrnamaint cyntaf erioed! Ond collon nhw yn erbyn yr Almaen a aeth ymlaen i ennill y gystadleuaeth. Cafodd Ewro 2009 ei chynnal yn y Ffindir.

Linda Sällström

36 oed | Clwb: Vittsjö GIK, Sweden

“Dwi'n bêl-droediwr; dwi ddim yn arbenigwr ar wleidyddiaeth a phethau fel 'na, ond dwi'n gwybod bod gen i lais, a'r gallu i ysbrydoli eraill.”

Mae prif sgoriwr y Ffindir yn teimlo'n gryf dros faterion hawliau dynol, ac yn defnyddio'i llais ar y cyfryngau cymdeithasol. Mae hi'n credu y dylai chwaraeon a phêl-droed fod ar gael i bawb.

Er ei bod hi wedi anafu ei phen-glin deirgwaith yn ystod ei gyrfa, sgoriodd dros 60 gôl i'w gwlad. Hi yw'r chwaraewr sydd wedi ennill y nifer fwyaf o gapiau i'r tîm cenedlaethol. Mae hi'n astudio meddygaeth, ac yn bwriadu bod yn feddyg ar ôl ymddeol o bêl-droed.

Wyddost ti?

Un o'r Ffindir oedd rheolwr llawn amser cyntaf tîm menywod Cymru. Penodwyd Jarmo Matikainen i'r swydd ym mis Hydref 2010, a bu'n rheolwr am bedair blynedd. Roedd hefyd yn gyfrifol am y timau o dan 19 ac o dan 17.

Sbaen

Llysenw: *La Roja* (Yr Un Coch) | *Las soñadoras* (Y Breuddwydwyr)

Rheolwr: Montserrat Tomé

Capten: Irene Paredes

Perfformiad gorau yn yr Ewros: Rownd gynderfynol 1997

Cyrraedd Ewro 2025: Ennill eu grŵp rhagbrofol

Safle FIFA (Mawrth 2025): 2

Sbaen enillodd Gwpan y Byd 2023 ar ôl curo Lloegr 1–0, diolch i gôl gan gapten Real Madrid, Olga Carmona. Sbaen hefyd enillodd Gynghrair y Cenhedloedd cyntaf y menywod yn 2024.

Bydd curo Sbaen yn dipyn o her yn Ewro 2025, gan fod y garfan yn llawn pêl-droedwyr gwefreiddiol fel Aitana Bonmatí ac Alexia Putellas. Maen nhw wedi cyrraedd Pencampwriaeth Ewrop bum gwaith. Ond hyd yma, dydyn nhw heb wneud yn well na'u hymddangosiad cyntaf yn 1997, sef cyrraedd y rownd gynderfynol.

Ar ôl ennill Cwpan y Byd 2023, dywedodd 81 o chwaraewyr na fydden nhw'n chwarae i Sbaen eto nes bod penaethiaid y ffederasiwn cenedlaethol yn gadael. Roedd hyn ar ôl i'r Llywydd gusanu un o'r chwaraewyr heb ganiatâd. Erbyn hyn, mae timau dynion a menywod Sbaen yn chwarae o dan yr un enw, logo a brandio.

Wyddost ti?

Mae Sbaen yn un o ddwy wlad yn unig sydd wedi ennill Cwpan y Byd y dynion a'r menywod – Yr Almaen yw'r llall.

Aitana Bonmatí

27 oed | Clwb: Barcelona, Sbaen

Mae Aitana Bonmatí yn un o'r chwaraewyr benywaidd gorau erioed, ac wedi ennill pob gwobr clwb ac unigol posibl yn Ewrop. Hi enillodd y *Ballon d'Or Féminin* yn 2023 ac yn 2024, a'r Bêl Aur ar gyfer pêl-droediwr gorau Cwpan y Byd 2023. Mae'r chwaraewr canol cae yn rhan o dîm Barcelona ers yn 13 oed, ac wedi chwarae dros 300 o gemau i'r clwb, gan sgorio dros 100 gôl. Chwaraeodd hefyd dros Gatalonia – Catalaneg yw ei hiaith gyntaf.

Dywediad Difyr

Tiki-taka

Steil o chwarae ddaeth yn boblogaidd yn y 2000au diolch i dimau dynion Barcelona a Sbaen, gyda phwyslais ar gadw meddiant a phasio'r bêl yn gyflym.

Portiwgal

Llysenw: *Navegadoras* (Y Morwyr)

Rheolwr: Francisco Neto

Capten: Dolores Silva

Perfformiad gorau yn yr Ewros:
Grŵp yn 2017 ac yn 2022

Cyrraedd Ewro 2025: Gemau ailgyfle (ennill 3–2 dros ddau gymal yn erbyn Y Weriniaeth Tsiec)

Safle FIFA (Mawrth 2025): 22

Wyddost ti?

Yn wreiddiol, ni lwyddodd Portiwgal i gyrraedd Ewro 2022 ar ôl colli i Rwsia yn y gemau ailgyfle. Ond, cafodd Rwsia eu diarddel o'r gystadleuaeth oherwydd rhyfel Wcráin, ac felly cymerodd Portiwgal eu lle.

Mae Portiwgal ym Mhencampwriaeth Ewrop am y trydydd tro yn olynol, ar ôl cyrraedd cystadleuaeth Cwpan y Byd am y tro cyntaf yn 2023.

Roedd angen dwy gôl arnyn nhw gan Diana Silva i drechu'r Weriniaeth Tsiec yn y gemau ailgyfle er mwyn cyrraedd y Swistir. Y ddau dro diwethaf iddyn nhw gystadlu yn yr Ewros, ni aethon nhw'n bellach na'u grŵp. Bydd chwarae Gwlad Belg a Sbaen yn gyfarwydd iawn iddyn nhw, ar ôl bod yn yr un grŵp yng Nghynghrair y Cenhedloedd 2025.

Kika Nazareth

22 oed | Clwb: Barcelona, Sbaen

Yn 22 oed, mae seren ifanc Barcelona yn cael ei gweld fel un o dalentau mwyaf addawol Ewrop. Mae hi'n ymosodwr naturiol, a hynny ar ôl dechrau ei gyrfa yn chwarae futsal – gêm debyg i 5 bob ochr. Llwyddodd i feistroli'r bêl yn y gamp honno, cyn chwarae ei gêm gyntaf dros glwb Benfica yn 16 oed. Symudodd i Barcelona yn 2024 am €500,000, ffi sy'n record i chwaraewr benywaidd o Bortiwgal. Hi yw'r chwaraewr ieuengaf i sgorio dros Bortiwgal mewn Cwpan y Byd – roedd hi hyd yn oed yn iau na Cristiano Ronaldo. Cafodd anaf i'w ffêr eleni ac mae wedi bod yn ceisio gwella mewn pryd i'r Ewros.

Dywediad Difyr

Pôr a carne toda no assador

(rhoi'r holl gig ar y barbeciw):

Pan mae'r rheolwr yn rhoi ei ymosodwyr i gyd ar y cae er mwyn ceisio ennill y gêm.

Gwlad Belg

Llysenw: *Belgian Red Flames* (Fflamau Cochion Gwlad Belg)

Rheolwr: Elísabet Gunnarsdóttir

Capten: Tessa Wullaert

Perfformiad gorau yn yr Ewros: Rownd yr wyth olaf 2022

Cyrraedd Ewro 2025: Gemau ailgyfle (ennill 4–1 dros ddau gymal yn erbyn Wcráin)

Safle FIFA (Mawrth 2025): 20

Dywediad Difyr

Pisballetje
(ergyd pi-pi):

Ergyd wan sy'n rowlio'n araf heibio i'r gôl.

Ar ôl buddsoddi mwy o arian mewn pêl-droed menywod ers 2015, mae Fflamau Cochion Gwlad Belg wedi cael llwyddiant rhyngwladol. Eu pencampwriaeth gyntaf oedd Ewro 2017. Yn Ewro 2022, llwyddodd y tîm i fynd gam ymhellach a chyrraedd yr wyth olaf. Gwlad Belg oedd enillwyr Cwpan Pinatar yn 2022 hefyd. Daeth un o fuddugoliaethau gorau'r tîm ym mis Hydref 2023, wrth ennill 3–2 yn erbyn Lloegr, pencampwyr Ewrop. Sgoriodd eu capten, Tessa Wullaert, gic o'r smotyn ym munudau olaf y gêm i selio noson hanesyddol. Llwyddon nhw i guro Lloegr eto o 3–2 ym mis Ebrill 2025, gydag Wullaert yn sgorio ddwywaith.

Tessa Wullaert

32 oed | Clwb: Inter Milan, Yr Eidal

Mae'r ymosodwr wedi ennill y gynghrair saith gwaith gyda chlybiau yng Ngwlad Belg, yr Iseldiroedd a'r Almaen, a Chwpan yr FA gyda Manchester City. Mae capten Gwlad Belg, sydd â thros 140 o gapiau, yn gwybod lle mae cefn y rhwyd, ac wedi sgorio wyth *hat-trick* i'w gwlad! Sgoriodd bedair gôl yn ystod y gemau ailgyfle i gyrraedd Ewro 2025, gan basio cyfanswm goliau Romelu Lukaku i ddod yn brif sgoriwr yn hanes pêl-droed rhyngwladol Gwlad Belg.

Wyddost ti?

Mae Gwlad Belg yn un o bum gwlad yn Ewro 2025 sydd heb gyrraedd Cwpan y Byd. Y gwledydd eraill yw'r Ffindir, Gwlad yr Iâ, Gwlad Pwyl a Chymru.

Yr Eidal

Llysenw: *Le Azzurre* (Y Gleision)

Rheolwr: Andrea Soncin

Capten: Elena Liniari

Perfformiad gorau yn yr Ewros: Ail yn 1993 ac yn 1997

Cyrraedd Ewro 2025: Ennill eu grŵp rhagbrofol

Safle FIFA (Mawrth 2025): 14

Wyddost ti?

Mae Manuela Giugliano yn chwarae'n ddwfn yng nghanol cae i'r Eidal a'i chlwb Roma, ac yn dylanwadu ar gemau drwy ryng-gipio'r bêl.

Mae'r Eidalwyr yn addoli pêl-droed, ac mae eu tîm dynion wedi bod yn llwyddiannus iawn. Ond er i'r wlad gynnal Cwpan y Byd answyddogol y menywod yn 1970, mae diddordeb a buddsoddiad yng ngêm y menywod wedi bod yn araf. Nid yw'r tîm cenedlaethol wedi ennill unrhyw gystadleuaeth eto, ond cawson nhw lawer o sylw wrth gyrraedd rownd wyth olaf Cwpan y Byd yn 2019.

Maen nhw wedi cyrraedd pob un o Bencampwriaethau Ewrop, heblaw am 1995. Roedd Ewro 2022 yn siom gan mai dim ond un gôl ac un pwynt a gawson nhw yn y gystadleuaeth. Ers hynny mae prif gynghrair y menywod, *Serie A Femminile*, wedi mynd yn broffesiynol. Bydd pawb yn disgwyl gwell yn 2025 – ond maen nhw mewn grŵp anodd ac yn gorfod wynebu Sbaen, y pencampwyr byd.

Dywediad Difyr

Regista
(cyfarwyddwr ffilm):

Chwaraewyr canol cae sy'n eistedd o flaen yr amddiffyn, ac yn rheoli'r gêm o'r safle hwnnw.

Giulia Dragoni

18 oed | Clwb: Barcelona, Sbaen

Roedd Giulia Dragoni yn 16 oed a 236 diwrnod pan enillodd ei chap cyntaf dros ei gwlad. Hi oedd un o'r chwaraewyr ieuengaf yng Nghwpan y Byd 2023. Mae hi'n chwarae yng nghanol cae, mewn safle sy'n cael ei alw'n '*mezzala*' gan yr Eidalwyr, ac mae hi'n dda am reoli'r bêl a rhedeg heibio i'r chwaraewyr.

Yr Almaen

Llysenw: *DFB-Frauen* (Menywod DFB) | *Die Nationalelf* (Yr 11 Cenedlaethol)

Rheolwr: Christian Wück

Capten: Giulia Gwinn

Perfformiad gorau yn yr Ewros: Enillwyr 1989, 1991, 1995, 1997, 2001, 2005, 2009 a 2013

Cyrraedd Ewro 2025: Ennill eu grŵp rhagbrofol

Safle FIFA (Mawrth 2025): 3

Wyddost ti?

Un o'r enwau mwyaf yn hanes pêl-droed menywod yw cyn-ymosodwr a chapten yr Almaen, Birgit Prinz. Rhwng 1994 a 2011, enillodd 214 cap i'w gwlad, gan sgorio 128 gôl. Chwaraeodd mewn pum Cwpan y Byd, pum Pencampwriaeth Ewrop, pedwar Gemau Olympaidd, ac ennill Chwaraewr y Flwyddyn FIFA deirgwaith. Hi yw'r chwaraewr ieuengaf i chwarae mewn gêm derfynol Cwpan y Byd, a hi oedd chwaraewr gorau a phrif sgoriwr Cwpan y Byd 2003, pan enillodd yr Almaen am y tro cyntaf.

Yr Almaen yw tîm cenedlaethol menywod mwyaf llwyddiannus Ewrop. Enillon nhw wyth o'r 13 Pencampwriaeth Ewrop, gan gynnwys chwech yn olynol rhwng 1995 a 2013. Yn ystod yr un cyfnod, enillon nhw Gwpan y Byd yn 2003 ac yn 2007, a chipio aur yn y Gemau Olympaidd yn 2016.

Roedd ennill Cwpan y Byd 2003 yn drobwynt i bêl-droed menywod yn y wlad. Ers 2005, dangosir holl gemau'r tîm menywod yn fyw ar y teledu. Roedd 18 miliwn o bobl wedi gwylio'r Almaen yn colli i Loegr yn amser ychwanegol gêm derfynol Ewro 2022. Hwn oedd y digwyddiad chwaraeon a gafodd y mwyaf o wylwyr yn yr Almaen y flwyddyn honno.

Methodd y tîm ddod allan o'u grŵp yng Nghwpan y Byd 2023, am y tro cyntaf erioed. Maen nhw nawr o dan reolaeth newydd Christian Wück, ac yn anelu'n uchel yn y Swistir.

Dywediad Difyr

Bauernspitz

(pigyn y ffermwr):

Gair o ardal Bavaria sy'n golygu cicio'r bêl gyda bodiau'r traed. Dyma dechneg syml y byddet ti'n ei weld ar iard y fferm!

Ôl-asgellwr dde Bayern Munich, Giulia Gwinn, yw'r capten ers mis Chwefror 2025.

Gwlad Pwyl

Llysenw: *Biało-czerwone* (Y Gwyn a'r Coch) | *Orlice* (Eryrod Benywaidd)

Rheolwr: Nina Patalon

Capten: Ewa Pajor

Perfformiad gorau yn yr Ewros: Ymddangosiad cyntaf yn 2025

Cyrraedd Ewro 2025: Gemau ailgyfle (ennill 2–0 dros ddau gymal yn erbyn Awstria)

Safle FIFA (Mawrth 2025): 28

Eleni yw'r tro cyntaf erioed i Wlad Pwyl, fel Cymru, gyrraedd y bencampwriaeth – er na lwyddon nhw i ennill pwynt yn y grŵp rhagbrofol! Sut llwyddon nhw felly? Gan eu bod nhw yn un o grwpiau rhagbrofol 'A', cawson nhw le yn y gemau ailgyfle beth bynnag. Enillon nhw wedyn yn erbyn Rwmania ac Awstria i gyrraedd y Swistir.

Nid yw prif gynghrair y menywod yng Ngwlad Pwyl yn broffesiynol eto, ond mae'r gamp yn ennill tir. Mae sêr y tîm cenedlaethol yn gobeithio y bydd cyrraedd Ewro 2025 yn ysbrydoli mwy o bêl-droedwyr benywaidd.

Wyddost ti?

Gwlad Pwyl oedd enillwyr Pencampwriaeth Ewrop o dan 17 yn 2013. Roedd y tîm hwnnw yn cynnwys rhai o sêr y tîm cyntaf heddiw, fel Ewa Pajor, Paulina Dudek ac Ewelina Kamczyk.

Ewa Pajor

28 oed | Clwb: Barcelona, Sbaen

Mae capten Gwlad Pwyl yn dangos i eraill beth sy'n bosibl ar lefel broffesiynol. Ar ôl ennill cynghrair yr Almaen bum gwaith gyda VfL Wolfsburg (a sgorio 136 gôl mewn 196 gêm!), symudodd i Barcelona yn 2024. Mae hi wedi bod ar dân i Barcelona yn ystod ei thymor cyntaf, a hi oedd y fenyw gyntaf i sgorio *hat-trick* mewn gêm *El Clasico* rhwng Barça a Real Madrid. Mae hi'n hunllef i amddiffynwyr, a hi yw prif sgoriwr y tîm cenedlaethol. Sgoriodd yn erbyn Awstria yn y gemau ailgyfle, ac roedd ei hemosiwn ar ddiwedd y gêm yn arwydd o'r hyn mae cyrraedd yr Ewros yn ei olygu i'r chwaraewyr.

Dywediad Difyr

Strzelić panu Bogu w okno

(saethu at ffenestr Duw):

Pan mae ergyd tuag at gôl yn hedfan yn bell dros y trawst.

Denmarc

Llysenw: *De Rød-Hvide* (Y Coch a'r Gwyn)
Rheolwr: Andrée Jeglertz
Capten: Pernille Harder
Perfformiad gorau yn yr Ewros: Ail yn 2017
Cyrraedd Ewro 2025: Ail yn eu grŵp rhagbrofol
Safle FIFA (Mawrth 2025): 12

Denmarc oedd enillwyr Cwpan y Byd answyddogol 1971 ym Mecsico. Maen nhw wedi cystadlu mewn naw Pencampwriaeth Ewrop, gan gyrraedd y gêm derfynol yn 2017. Collon nhw o 4–2 yn erbyn yr Iseldiroedd, y wlad oedd yn cynnal y gystadleuaeth. Cyrhaeddon nhw'r Swistir drwy orffen yn ail i Sbaen yn eu grŵp rhagbrofol. Ym mis Ionawr 2025 cafodd cytundebau gwaith newydd eu rhoi i'r pêl-droedwyr benywaidd proffesiynol. Roedd hyn yn gam mawr ymlaen i hawliau pêl-droed menywod yn Nenmarc.

Dywediad Difyr

Skovtur
(mynd am bicnic):

Pan mae gôl-geidwaid yn rhuthro allan o'u cwrt cosbi.

Pernille Harder

32 oed | Clwb: Bayern Munich, Yr Almaen

Mae capten a phrif sgoriwr Denmarc yn un o chwaraewyr gorau'r byd. Pan symudodd i Chelsea am £250,000 yn 2020, Harder oedd y pêl-droediwr benywaidd drytaf erioed. Hi oedd y person cyntaf hefyd i gael ei henwi'n Chwaraewr y Flwyddyn UEFA ddwywaith. Mae hi'n chwaraewr canol cae ymosodol, a'r un mor dda gyda'i ddwy droed. Mae hi wedi dyweddïo gydag un arall o chwaraewyr Bayern Munich, Magdalena Eriksson.

Wyddost ti?

Cafodd Nadia Nadim ei geni yn Affganistan, a hi yw'r pêl-droediwr benywaidd Affgan gorau a mwyaf dylanwadol erioed. Bu'n rhaid iddi hi, ei mam a'i phedair chwaer ddianc o'u mamwlad pan oedd hi'n 11 oed, gan gyrraedd Denmarc fel ffoaduriaid. Yn ei gwlad newydd, dechreuodd chwarae pêl-droed am y tro cyntaf. Enillodd y gynghrair yn yr UDA a Ffrainc, ac mae hi wedi cael dros 100 o gapiau i Ddenmarc. Mae hi'n bêl-droediwr penderfynol a bywiog. Mae'n siarad 11 iaith, ac wedi hyfforddi i fod yn feddyg.

Sweden

Llysenw: *Blågult* (Y Glas-Melyn)

Rheolwr: Peter Gerhardsson

Capten: Kosovare Asllani a Magdalena Eriksson

Perfformiad gorau yn yr Ewros: Enillwyr 1984

Cyrraedd Ewro 2025: Gemau ailgyfle (ennill 8-0 dros ddau gymal yn erbyn Serbia)

Safle FIFA (Mawrth 2025): 6

Sweden oedd enillwyr yr Ewros cyntaf yn 1984. Ers hynny, daethon nhw yn ail yn 1987, yn 1995 ac yn 2001, ac yn ail yng Nghwpan y Byd 2003. Roedd Sweden angen y gemau ailgyfle i gyrraedd y Swistir, ar ôl gorffen yn drydydd yn eu grŵp rhagbrofol y tu ôl i Ffrainc a Lloegr.

Wyddost ti?

Mae cyn-gapten Sweden, Caroline Seger, yn un o'r pêl-droedwyr gyda'r nifer fwyaf o gapiau rhyngwladol. Bu iddi ymddeol yn 2023 ar ôl chwarae i Sweden 240 gwaith a chystadlu mewn pum Cwpan y Byd.

Dywediad Difyr

Smörpassning
(pàs fenyn):

Pàs sydd yn cyrraedd yn syth i draed chwaraewyr, yn esmwyth fel menyn.

Magdalena Eriksson

31 oed | Clwb: Bayern Munich, Yr Almaen

Yn ystod ei chyfnod gyda Chelsea rhwng 2017 a 2023, daeth Magdalena Eriksson yn un o amddiffynwyr canol gorau Ewrop. Daeth hi'n gapten Chelsea, a chwaraeodd hi 185 gêm ac ennill 12 tlws gyda'r tîm o Lundain.

Mae hi wedi dyweddïo gyda chapten Denmarc, Pernille Harder, ac arwyddodd y ddwy i Bayern Munich ar yr un pryd yn 2023. Maen nhw'n wynebu ei gilydd sawl gwaith yn 2025, gan fod Denmarc a Sweden yn yr un grŵp yng Nghynghrair y Cenhedloedd a'r Ewros!

Ffrainc

Llysenw: *Les Bleues* (Y Gleision)

Rheolwr: Laurent Bonadei

Capten: Wendie Renard

Perfformiad gorau yn yr Ewros: Rownd gynderfynol 2022

Cyrraedd Ewro 2025: Ennill eu grŵp rhagbrofol

Safle FIFA (Mawrth 2025): 11

Mae Ffrainc wedi bod ym mhob Pencampwriaeth Ewrop ers 1997, gan gyrraedd y rownd gynderfynol am y tro cyntaf yn 2022. Collon nhw 2–1 yn erbyn yr Almaen. Daeth eu perfformiad gorau yng Nghwpan y Byd 2011, gan golli i'r UDA yn y rownd gynderfynol. Cafodd Cwpan y Byd 2019 ei chynnal yn Ffrainc, ond collon nhw i'r UDA eto, y tro hwn yn rownd yr wyth olaf.

Cymru yn erbyn Ffrainc

Mae Cymru wedi colli pob un o'u pedair gêm yn erbyn Ffrainc. Y tro diwethaf iddyn nhw wynebu ei gilydd oedd grŵp rhagbrofol Cwpan y Byd 2023, gyda Chymru'n colli 2–0 a 2–1.

Wyddost ti?

Mae tipyn o hanes o gemau pêl-droed rhwng timau menywod o Ffrainc ac Ynysoedd Prydain. Ym mis Ebrill 1920, daeth mwy na 25,000 o bobl i wylio gêm rhwng tîm o Ffrainc a thîm o Preston, sef Menywod Dick Kerr. Mae'n bosib mai dyma'r gêm bêl-droed ryngwladol gyntaf i fenywod erioed.

Dywediad Difyr

Joli

(prydferth):

Bydd sylwebwyr yn Ffrainc yn dweud '*Oh, joli!*' pan fydd chwaraewyr yn defnyddio sgil gwych i guro eu gwrthwynebwyr.

Wendie Renard

34 oed | Clwb: Lyon, Ffrainc

Mae capten Ffrainc a Lyon yn un o'r pêl-droedwyr mwyaf llwyddiannus yn y gêm fodern. Mae hi'n chwarae i Lyon ers ei bod hi'n 16 oed, ac wedi ennill y gynghrair yn Ffrainc 17 gwaith, a Chynghrair y Pencampwyr wyth gwaith (gan gynnwys pump yn olynol fel capten). Mae hi'n amddiffynnwr canol cryf, cyflym a thechnegol sy'n dda iawn yn penio'r bêl. Yn 2023 dywedodd nad oedd hi'n mynd i chwarae yng nghystadleuaeth Cwpan y Byd, er mwyn edrych ar ôl ei hiechyd meddwl. Daeth hi'n ôl i'r garfan ar ôl i'r tîm gael rheolwr newydd.

Marie-Antoinette Katoto

26 oed | Clwb: PSG, Ffrainc

Roedd 'MAK' yn 12 oed pan ymunodd â chlwb PSG ym Mharis, ei dinas enedigol. Erbyn iddi fod yn 23 oed, sgoriodd fwy o goliau na neb yn hanes y clwb! Mae hi'n ymosodwr ffrwydrol sy'n gallu rhedeg yn bwerus gyda'r bêl a sgorio'n gelfydd. Mae ganddi dros 50 cap i'w gwlad – a bron cymaint o goliau.

Lloegr

Llysenw: *Lionesses* (Y Llewesau)
Rheolwr: Sarina Wiegman
Capten: Leah Williamson
Perfformiad gorau yn yr Ewros: Enillwyr 2022
Cyrraedd Ewro 2025: Ail yn eu grŵp rhagbrofol
Safle FIFA (Mawrth 2025): 4

Lloegr enillodd yr Ewros ddiwethaf, gan guro'r Almaen 2–1 yn Wembley yn 2022, diolch i goliau gan Ella Toone a Chloe Kelly. Cyrhaeddon nhw'r gêm derfynol hefyd yn 1984 ac yn 2009, ond 2022 oedd y tro cyntaf ers 1966 i dîm cenedlaethol o Loegr ennill prif bencampwriaeth bêl-droed. Roedd dros 87,000 o bobl yn y stadiwm ar gyfer y gêm derfynol – record ar gyfer unrhyw gêm menywod a dynion yn yr Ewros. Ar ôl eu llwyddiant, ysgrifennodd y tîm at wleidyddion yn gofyn iddyn nhw roi mwy o arian i bêl-droed menywod, fel bod pob merch yn cael y dewis i chwarae.

Aeth y tîm ymlaen i gyrraedd gêm derfynol Cwpan y Byd 2023, gan golli 1–0 yn erbyn Sbaen. Doedden nhw ddim ar eu gorau yn eu grŵp rhagbrofol i gyrraedd Ewro 2025, gan orffen yn ail y tu ôl i Ffrainc. Ond byddan nhw'n gobeithio amddiffyn eu tlws yn y Swistir.

Rheolwr tîm Lloegr yw Sarina Wiegman, cyn-gapten yr Iseldiroedd. Cyn hynny roedd hi'n rheoli ei mamwlad, pan enillon nhw Ewro 2017.

Dywediad Difyr

Route one

Steil o chwarae oedd yn arfer cael ei gysylltu â Lloegr, lle mae tîm yn cicio'r bêl yn hir i ben arall y cae mor gyflym â phosib, yn lle chwarae'n amyneddgar.

Mary Earps

32 oed | Clwb: PSG, Ffrainc

Gôl-geidwad Lloegr enillodd y Faneg Aur yng Nghwpan y Byd 2023, a hi yw'r gôl-geidwad sydd wedi dod yn y safle uchaf erioed yn y *Ballon d'Or Féminin*. Dim ond ar ôl y gystadleuaeth roedd modd prynu ei chrys gôl-geidwad yn y siopau – ac roedd pob un wedi gwerthu ar ôl pum munud! Hi hefyd yw'r pêl-droediwr benywaidd cyntaf i gael cerflun cwyr ohoni yn *Madame Tussauds* yn Llundain.

Wyddost ti?

Roedd 100 mlynedd union rhwng gêm gyntaf tîm dynion Lloegr ym mis Tachwedd 1872 a thîm menywod Lloegr ym mis Tachwedd 1972.

Cymru yn erbyn Lloegr

Y tro diwethaf i Gymru chwarae yn erbyn Lloegr oedd yn ymgyrch Cwpan y Byd 2019. Cawson nhw gêm gyfartal 0–0, ond yna colli 3–0 yng ngêm olaf y grŵp.

Yr Iseldiroedd

Llysenw: *OranjeLeeuwinnen* (Y Llewesau Oren)
Rheolwr: Andries Jonker
Capten: Sherida Spitse
Perfformiad gorau yn yr Ewros: Enillwyr 2017
Cyrraedd Ewro 2025: Ail yn eu grŵp rhagbrofol
Safle FIFA (Mawrth 2025): 10

Cymru yn erbyn Yr Iseldiroedd

Mae Cymru wedi colli pob un o'u pedair gêm yn erbyn yr Iseldiroedd. Y tro diwethaf iddyn nhw chwarae ei gilydd oedd yn 2017, a'r sgôr oedd 5–0.

Cafodd Pencampwriaeth Ewro 2017 ei chynnal yn yr Iseldiroedd – a'r tîm cartref ddaeth i'r brig hefyd ar ôl curo Denmarc o 4–2. Dyma'r tlws cyntaf erioed iddyn nhw ei ennill, ac roedd yn hwb mawr i'r tîm cenedlaethol ac i bêl-droed menywod yn y wlad. Cyrhaeddodd y tîm gêm derfynol Cwpan y Byd 2019 hefyd, ond colli 2–0 yn erbyn yr UDA.

Wyddost ti?

Pan ddechreuodd y capten, Sherida Spitse, chwarae pêl-droed, nid oedd cynghrair menywod yn bodoli yn y wlad. Mae hi bellach wedi chwarae dros 240 o gemau i'r tîm cenedlaethol – mwy nag unrhyw chwaraewr Ewropeaidd arall. Mae hi'n chwarae yng nghanol cae ac yn arbenigwr ar giciau gosod. Sgoriodd gic rydd a chael ei henwi'n chwaraewr y gêm yng ngêm derfynol Ewro 2017. Mae ganddi ddau o blant gyda'i gwraig.

Sherida Spitse a Vivianne Miedema

Vivianne Miedema

28 oed | Clwb: Manchester City, Lloegr

Mae'r ymosodwr wedi sgorio mwy o goliau yng nghynghrair Lloegr, y WSL, na neb arall. Hi hefyd sy'n dal y record am y nifer fwyaf o goliau rhyngwladol i'r Iseldiroedd – mwy nag unrhyw ddyn neu fenyw arall. Sgoriodd ddwy gôl yng ngêm derfynol Ewro 2017. Ond, nid yw hi byth yn dathlu ei goliau! Ar ôl bod allan gydag anaf ers mis Rhagfyr 2022, daeth yn ôl i'r Iseldiroedd yng ngêm olaf eu grŵp rhagbrofol i gyrraedd Ewro 2025. Hi sgoriodd yn erbyn Norwy ar ôl 80 munud i sicrhau eu lle yn y Swistir. Mae'n bêl-droediwr galluog, ac os nad yw hi'n sgorio ei hun, mae hi'n gosod y bêl i eraill. Mae'n gyd-awdur cyfres o lyfrau comig am ei hun – *Vivianne voetbalt*.

Dywediad Difyr

Chocoladebeen
(coes siocled):

Pan mae chwaraewyr yn ceisio cicio'r bêl gyda'u troed wan.

Cymru

Llysenw: Y Dreigiau

Rheolwr: Rhian Wilkinson

Capten: Angharad James

Perfformiad gorau yn yr Ewros: Ymddangosiad cyntaf yn 2025

Cyrraedd Ewro 2025: Gemau ailgyfle (ennill 3–2 dros ddau gymal yn erbyn Gweriniaeth Iwerddon)

Safle FIFA (Mawrth 2025): 31

Mae Cymru wedi cyrraedd eu pencampwriaeth gyntaf erioed! Ond maen nhw wedi dod yn agos sawl gwaith o'r blaen. Yn greulon, collon nhw i'r Swistir yn amser ychwanegol y gemau ailgyfle i gyrraedd Cwpan y Byd 2023. Roedden nhw hefyd bron â chyrraedd gemau ailgyfle Ewro 2022, a dim ond un gêm oddi wrth Cwpan y Byd 2019.

Cymru fydd y tîm isaf yn y bencampwriaeth o ran safle FIFA. Maen nhw mewn grŵp heriol, sy'n cynnwys enillwyr y ddau Ewros diwethaf, Lloegr a'r Iseldiroedd. Mae Ffrainc hefyd yn y grŵp. Nid yw Cymru erioed wedi ennill yn erbyn y gwledydd yma – oni bai am y gêm answyddogol rhwng Cymru a Lloegr yn 1938, pan enillodd Cymru 4–2!

Mae nifer y menywod sy'n chwarae pêl-droed yng Nghymru ers 2021 wedi cynyddu 45%. Gobeithio y bydd gweld y tîm yn y Swistir yn ysbrydoli mwy o bobl i gymryd diddordeb yn y gêm.

Sophie Ingle

33 oed | Clwb: Chelsea, Lloegr

Roedd Sophie Ingle yn gapten ar Gymru am naw mlynedd rhwng 2015 a 2024. Mae ganddi dros 140 o gapiau i'w gwlad, ac yn un o'r chwaraewyr sydd wedi chwarae'r nifer fwyaf o gemau ym mhrif gynghrair Lloegr (y WSL). Ar ôl bod allan gydag anaf i'w phen-glin ers mis Medi 2024, mae hi wedi bod yn gweithio'n galed i wella erbyn yr Ewros.

Wyddost ti?

Jess Fishlock sydd wedi ennill y nifer fwyaf o gapiau i Gymru. Mae saith Cymraes wedi ennill dros 100 cap sef Jess Fishlock, Loren Dykes, Sophie Ingle, Helen Ward, Natasha Harding, Angharad James a Hayley Ladd.

Ceri Holland

27 oed | Clwb: Lerpwl, Lloegr

Mae Ceri Holland yn chwaraewr pwysig i Lerpwl a Chymru. Treuliodd bedair blynedd yn chwarae ym Mhrifysgol Kansas yn America. Mae hi'n chwarae yng nghanol cae, ac yn dda iawn am ymosod ac amddiffyn.

Dywediad Difyr

Llechen lân

Pan mae tîm yn llwyddo i atal eu gwrthwynebwyr rhag sgorio mewn gêm, maen nhw wedi cadw llechen lân.

Carfan Cymru

Dyma rai o chwaraewyr Cymru allai serennu yn yr Ewros ...

Olivia Clark 23
Leicester City F.C. | Gôl-geidwad

Safia Middleton-Patel 20
Manchester United F.C. | Gôl-geidwad

Gemma Evans 28
Liverpool F.C. | Amddiffyn

Rhiannon Roberts 34
Real Betis (Sbaen) | Amddiffyn

Hayley Ladd 31
Everton F.C. | Amddiffyn

Lily Woodham 24
Seattle Reign (UDA) | Amddiffyn

Mayzee Davies 18
Manchester City F.C. | Amddiffyn

Josie Green 32
Crystal Palace F.C. | Amddiffyn

Ella Powell 25
Bristol City F.C. | Amddiffyn

Sophie Ingle 33
Chelsea F.C. | Canol cae

Charlie Estcourt 27
DC Power (UDA) | Canol cae

Ceri Holland 27
Liverpool F.C. | Canol cae

Angharad James 30
Seattle Reign (UDA) | Canol cae

Alice Griffiths 24
Southampton F.C. | Canol cae

Rachel Rowe 32
Southampton F.C. | Canol cae

Jess Fishlock 38
Seattle Reign (UDA) | Canol cae

Lois Joel 25
Newcastle United F.C. | Canol cae

Carrie Jones 21
IFK Norrköping (Sweden) | Ymosod

Ffion Morgan 25
Bristol City F.C. | Ymosod

Hannah Cain 26
Leicester City F.C. | Ymosod

Elise Hughes 24
Crystal Palace F.C. | Ymosod

Kayleigh Barton 37
Charlton Athletic F.C. | Ymosod

Y Gêm yng Nghymru

Dyma'r prif glybiau sy'n chwarae ar draws Cymru:

Adran Premier
Adran y Gogledd
Adran y De

Caerdydd – enillwyr yr Adran Premier a Chwpan Cymru 2024/25

Chantelle Teare a Lia Lewis, Y Seintiau Newydd

Beth yw'r Adran Premier?

Yr Adran Premier yw'r prif gynghrair bêl-droed i fenywod yng Nghymru. Mae'r gemau fel arfer yn cael eu cynnal ar ddydd Sul.

Faint o dimau sy'n cystadlu?

Mae wyth o dimau yn yr Adran Premier. Bob tymor bydd y tîm ar y gwaelod yn disgyn, a bydd un tîm o adrannau'r de neu'r gogledd yn cymryd eu lle.

Pwy enillodd yn nhymor 2024/25?

Clwb Pêl-droed Dinas Caerdydd – a hynny am y trydydd tro yn olynol.

Pwy sydd wedi ennill y nifer fwyaf o weithiau?

Ers sefydlu prif gynghrair i fenywod yn 2009, mae Abertawe a Met Caerdydd wedi ennill chwe gwaith yr un.

Pwy fydd clybiau'r Adran Premier yn nhymor 2025/26?

Caerdydd, Llansawel, Y Seintiau Newydd, Wrecsam, Abertawe, Y Barri, Aberystwyth a Phontypridd.

Oes yna gystadlaethau eraill?

Mae'r timau yn chwarae mewn dwy gystadleuaeth gwpan hefyd, sef Tlws yr Adran a Chwpan Cymru.

Ffion Price, Caerdydd – prif sgoriwr yr Adran Premier yn 2024/25

Ffaith ddifyr:

Mae pedwar tîm yn lled-broffesiynol sef Caerdydd, Abertawe, Wrecsam a'r Seintiau Newydd.

C'mon Cymru

Rydyn ni mor falch ohonot ti, Gemma! Rwyt ti'n ysbrydoliaeth enfawr i ni i gyd, ac mae'n fraint gweld brodor o'r Cymoedd yn llwyddo ar lwyfan byd-eang. Rwyt ti wedi gwneud cymaint i godi statws chwaraeon i ferched, ac rwyt ti wedi annog llawer o ferched ifanc Treorci i ddilyn yn ôl dy draed!

Criw Cymraeg Ysgol Gyfun Treorci (hen ysgol uwchradd Gemma Evans).

Pob lwc i ti, Mayzee – da iawn. Rydyn ni mor browd ohonot ti. Pob lwc i dîm Cymru!

Pêl-droedwyr CA3 Ysgol Uwchradd y Fflint (hen ysgol uwchradd Mayzee Davies).

Pob hwyl Mared. Rydym yn falch ohonot ti.

Blwyddyn 3–6 Ysgol Bro Hedd Wyn, Trawsfynydd (hen ysgol gynradd Mared Griffiths).

"Mae pawb yn Ysgol Brynconin yn falch iawn o lwyddiant Angharad, ac yn dilyn ei gyrfa â brwdfrydedd. Mae'r staff yn cofio Angharad fel plentyn brwdfrydig a chystadleuol. Roedd hi'n benderfynol bod merched a bechgyn yn cystadlu ar yr un lefel ac roedd yn rhoi gwres eu tra'd i'w gwrthwynebwyr! Pob lwc i Angharad a'r tîm i gyd yn yr Ewros!"

Ysgol Brynconin, Sir Benfro (hen ysgol gynradd Angharad James).

"Pob lwc ferched – rydym yn falch iawn ohonoch chi am gyrraedd yr Ewros a chynrychioli ein gwlad! Mae Lily a gweddill y garfan wedi ein hysbrydoli ni fel pêl-droedwyr ac allwn ni ddim aros i'ch gweld chi'n chwarae! Pob lwc!"

Tîm pêl-droed Ysgol Gynradd Rhymni (hen ysgol gynradd Lily Woodham).

Ysgol Uwchradd Teilo Sant yr Eglwys yng Nghymru, Caerdydd (hen ysgol uwchradd Jess Fishlock a Lily Woodham).

"Pob lwc! Rydyn ni mor falch ohonoch chi – llongyfarchiadau ar eich llwyddiant anhygoel!"